七人令选

◎吕刚 宁刚 编

到林间云上去

陕西新华出版
陕西人民出版社

图书在版编目（CIP）数据

到林间云上去 / 吕刚，宁刚编. -- 西安：陕西人民出版社，2024. -- ISBN 978-7-224-15463-4

Ⅰ.I227

中国国家版本馆 CIP 数据核字第 2024189NX7 号

出 品 人：赵小峰
责任编辑：彭 莘　王彦龙
封面设计：晚诗绿明

到林间云上去
DAO LINJIAN YUNSHANG QU

编　者	吕 刚　宁 刚
出版发行	陕西人民出版社
	（西安市北大街 147 号　邮编：710003）
印　刷	西安市建明工贸有限责任公司
开　本	787 毫米 × 1092 毫米　1/32
印　张	8.125
字　数	120 千字
版　次	2024 年 10 月第 1 版
印　次	2024 年 10 月第 1 次印刷
书　号	ISBN 978-7-224-15463-4
定　价	58.00 元

如有印装质量问题，请与本社联系调换。电话：029-87205094

序一

新诗新百年的一件小事

沈 奇

"转基因"新诗一百年,几代新诗诗人们共同营造了新诗"与时俱进"的发展机制,同时,百年新诗也以这种发展机制"营造"了新诗诗人们"与时俱进"的共同心理机制,难得有越众独伫者出离而自若。

谁曾"先锋"?

抑或"后现代"?

思潮,运动,前浪,后浪,及至"秋后算账"回顾反思,唯余模仿性创新与创新性模仿,以及"屋下架屋"(吴宓)的尴尬与浅近的自由之彷徨。

及至新诗新百年,历史暗送秋波,时代狐步携手,呼啦啦一起进入乌泱泱"诗歌广场舞",无由自嗨,前拥后呼,似乎彻底忘却在这样的时代,诗人更应该是在"制作的人"之外,寂然持守诗性人格的"一个更高的种族"(尼采),以其情怀大于事功的本初心性与"拾荒者"(波德莱尔)的灵魂,留待知音华章漫与共,并暗自交换"流浪的方向"(郑愁予),进而潜沉修远,"在自己身上克服这个时代"(尼采)。

值此当口,何去何从?
或许出离即复活,归去即重生?
想起宋人张侃《家园散策二绝》中的两句:"春讯不应梅占断,风流犹有海棠花"。

巧了,八百多年后,在长安城外大雁塔下的几株海棠花树下,七位现代汉语诗人忽而转身,背尘合觉,漱履净心,并肩合影,结盟"终南令社",写起了仅"三言两语、四五六行"(之道)呼之欲出而自成体系的另一种"现代诗",且自名也自命为"(小)令",兀自另辟蹊径,自我安顿,以此校正弱者不弱的深呼吸,"叩寂寞而求音"(陆机),而"月香椿树 / 虫声清明 / 一夜看小窗"(安娟)。

安的种子,静的阳光;
春日桑柔,谁与携手?

"滚动的石头不生苔。"
就这样吧,兄弟,你去追随时代,留下我打扫旧时亭台——寂然,默然,居原抱朴,直到青苔慢慢长出……

就这样,终南令社七位既现代又古典而土洋土洋的诗人伙伴,以其矢志不渝却也洒脱松秀的数年坚持,成就此一部《到林间云上去——七人令选》,在歌之咏之、格律及词牌之的古典汉诗之外,在"汉语食材""拉丁味道"之翻译诗歌主导的现代汉诗之外,别开界面,另创一种简劲体格与汉语气质,令知己者莞尔,抑或旁观者莫名?

总归,出离"类的平均数"之郁闷,唯心香一缕,风神散朗,旁若无人——当此时代语境,实属独出清越,难能可贵。
落于文本生成,自然,率性,却又不失明锐的意绪,贴切生存的原意、生活的细节、生命的本质,青涩而爽净;"三言两语",一次性即兴的简约"发生",乃至全然"无题",却又规避了"一次性消费"

的陷阱，可谓微言妙意、器小道宏，有种"过程的美"（陈丹青）。

天籁没有所指。
——那一抹赤脚的茸茸，却也如火如荼，抑或宛若寂寞？

所谓新诗新百年的一件"小事"，或堪可告慰以阅？
——阅己，悦己，越己。

海棠暗香；
林间云上。
德将为若美，道将为若居；坐看云起，心烟比月齐。

是为寄语。

甲辰芒种于终南印若居

序二

令的美学入门

周公度

令的美学是什么?

如果文字的极简、摹写的准确、几何图形的呈现是其基本特征,那么情感场景构建的融洽自然、解决问题的质量与速度,便是它的进阶。

但这只是令之美学共性的部分,一如四言、五言、律诗、词曲,形式本身即是对诗艺的一种要求,更是对情感有效性的一种粗略的初级界定。庸常的书写会陷入其中,而优秀的诗人腾挪自由,又时时跃出其外。

令作为中国古代诗体之一,与现代诗的理念融汇后,古典的韵味得以保留,而绘画的写意美学增添了瞬间性。那么，如何在共性中体现个体，"我"又如何与"无我"并存，突破对文字简洁的追求与日常细节的敏锐捕捉，对每位诗人的内心均是一种验证。

因为溯源令的缘起，根底当在古谣曲。谣曲的本质，指向的是真。如此，修辞便会降到最低。

厘清了这几个层次的概念，七位诗人的风格便也容易辨识了。萌萌的萌与清澈，煞是灵动；治国的语言是果断的，却又有些羞涩；雪雪有悲郁之心，脾气似乎还很大；安娟跳脱如少女，可爱的嗔心此起彼伏；宁刚古典有禅意，却又敢于革新，拓展了令的美学外延；之道是自由开阖、四方通达的，一如他的世界行迹；吕刚一如既往，其简隽雅正，遍布于四季流转之中。

清晰的辨识，是欣赏、赞美的前提。在周秦汉唐故地，终南令社作为群体出现，自然与区域地理、历史或隐或显有所关联。当他们以"真"驱动的美学与极简的修辞一旦结合，"真"便具有了内心修证的意味，有了"道"的内涵。

道归于自然。

2024.7.15 于北京

目录

萌萌卷·落叶上前追了几步 001

治国卷·风借芦苇唱民谣 037

雪雪卷·风的指挥家 069

安娟卷·隔一阵就想叫一下你 099

宁刚卷·一个人的四季 135

之道卷·走在夜的右下角 171

吕刚卷·给世界一点颜色看 207

后记 245

前

落　叶　　上

追　了　几　步

——萌萌卷

萌萌, 本名曹萌萌,1996年生,有诗文散见于报刊。

001 树下

凉了一晌

蝉声又热起来

002 莲藕切开

冰清玉洁

心眼多

003 黎明

沉入夜海的人事

浮出水面

004　白云下

　　　一摊残水

　　　映白云

005　五月的樱桃

　　　一片冰心

　　　点绛唇

006　时令果香

　　　轮换一夏

　　　日子清甜着过去了

007　她穿鱼尾裙

　　　人鱼似的

　　　游走车厢

008　山行——

　　遇花落

　　不问山高问树高

009　少年骑单车

　　歪歪扭扭

　　落叶上前追了几步

010　一条水啊

　　流累了

　　结冰休息

011　未落的月

　　如薄纸

　　白白等清晨

012　　冬天的玉兰

　　　　站在楼下

　　　　没人认得出它

013　　早啊

　　　　早早在地铁上

　　　　打盹的早行人

014　　听戏

　　　　用慢板的旋律

　　　　拖长日子

015　　白玉兰

　　　　饮尽春风

　　　　摔杯

016　　指指山顶

　　　你妄言

　　　佛比人更寂寞

017　　闹市白墙下

　　　行人依次

　　　走成风俗画

018　　像仰望灯光那样

　　　仰望

　　　修灯的人

019　　荷花池

　　　一水的绿

　　　早了还是晚了？

020　　妆台上一支口红

　　　斜倚在镜旁

　　　饶有兴味地猜她要去见何人

021　　连绵阴雨

　　　你那里秋也不高

　　　我这里气也不爽

022　　冷夜

　　　餐桌上

　　　热几颗冰柿子

023　　池中鱼

　　　无心

　　　搅浑池中水

024 叫一声

那鸟

跌入山的虚怀

025 口罩遮住表情

留双眼睛

看谁都像含情脉脉

026 须得借外力

枝头花

在学振翅

027 春日灼灼

郁金香齐聚

宴饮看花人

028 游人如织

柳絮似雪

牡丹一败涂地

029 银杏叶

让我先记住

你碧绿的样子

030 撑起许多小白伞

石楠

也嫌弃自己的味道

031 不早说

系铃人如今

也解不开了

032 说着说着

　　　心又乱了

　　　花落一瓣一瓣

033 他这一生

　　　在歇板中歇

　　　游弦中游

034 路旁雏菊

　　　向卖花老人打听

　　　一枝花的价钱

035 柳树枝下听鸟鸣

　　　一个唱生

　　　一个唱旦

036　　徘徊着找寻

　　　若有若无

　　　来路不明的花香

037　　望着葱郁

　　　却总在想

　　　秋的荒芜

038　　问一块磐石

　　　多年来

　　　你果真忠贞坚定吗

039　　杨树之禁卫军

　　　屏息侧听

　　　学鸮叫的那人

040　　赠她一枚指环

　　　万绿丛中

　　　野草莓是唯一的红宝石

041　　踩出一条狭窄的道

　　　草木们

　　　笑着打量这几人

042　　直挺挺的一片绿林啊

　　　想凌波微步

　　　飞沙走石呢

043　　裤腿粘窃衣

　　　坐下摘掉

　　　对不起,碎了你远行的梦

044 石子打水漂

　　发怔的鱼

　　方寸大乱

045 散漫着走

　　出林杏子

　　齿软还尝

046 南山白云

　　五月的布景墙

　　不由回头多看两眼

047 多希望

　　那冒雨前进的背影

　　回望一眼

048　　昨夜雨

　　　立窗前

　　　与我攀谈良久

049　　黄昏挂起来

　　　一面薄纱

　　　树梢上的白月亮

050　　路过教堂

　　　门外祈祷

　　　烤肉店一定要开门

051　　云都飘来

　　　知风草知不知

　　　风的方向

052　蛛网粘天

　　　空山中

　　　自立为王

053　芒草弥望

　　　昔时，昔时

　　　秋风一吹，苍苍的往事

054　心如红蓼一路低垂

　　　起风时

　　　偶有摇曳之态

055　鸭跖草

　　　紧攥在手心

　　　那幽蓝色的梦

056　　站在一株草旁

　　　我和它

　　　有同一个影子

057　　鸟叫

　　　在树梢上

　　　嘱咐什么似的

058　　下山的路

　　　很艰难

　　　抓不稳一根摇晃的树枝

059　　众草皆苦

　　　聚拢在二龙塔下

　　　一一被度化

060　病叶
　　一树
　　病得视死如归

061　折花的手
　　遇刺缩回
　　蓟花那固执的心呀

062　秋深枫红
　　这条路的春天
　　从秋天开始

063　秋雨后
　　桂花树
　　重归朴素

064　　谁家庭院

　　　出墙红叶

　　　让我驻足

065　　小巷

　　　我走一步

　　　月亮退一步

066　　公交到站

　　　怎么叫醒

　　　邻座酣睡的人

067　　背向而坐

　　　他染黑白发

　　　你染白黑发

068　　酒桌上

　　　默默注视

　　　中年人的推杯换盏

069　　比起不懂装懂

　　　我更怕你懂

　　　装不懂

070　　款款远去了

　　　黑衣人

　　　来自霍格沃茨

071　　碧水作砚

　　　微风研墨

　　　柳枝俯身一蘸

072　　上天桥

　　　　虔诚的样子

　　　　如上天堂

073　　不必在风中颔首招摇

　　　　桃花的心事

　　　　我早已看穿

074　　卖花的女人

　　　　立于海棠树下

　　　　叫卖梅花

075　　水草竖立

　　　　托举

　　　　你我的面影

076 远山微蓝

秋的相框里

水鸟分出对角线

077 神说不要光

清早的路灯

一起熄灭

078 写九页日记

今夜

你是我绵长的记叙

079 触摸

烛影里

蜡烛发烫的心

080　轻花

　　　纵身一跃

　　　躺进风里

081　流浪猫

　　　房檐上

　　　只爪摘月

082　一刹那

　　　春花

　　　比我乱

083　饮下海棠茶

　　　心口化出

　　　忧悒的花

084　噢

　　　　花语

　　　　不对着人讲

085　信手拈来一朵

　　　　举杯——

　　　　为掐花人

086　好像

　　　　来看花前

　　　　把看花的心情用了

087　茶色浅了

　　　　天色沉了

　　　　椅子空了

088　　紫薇花

　　　　被暴晒的

　　　　一种柔弱

089　　夜寂寂

　　　　蛐蛐也有断肠苦

　　　　赌你气呢

090　　小白狗

　　　　早我一步

　　　　走上人行道

091　　病倚着

　　　　椅背

　　　　硌你瘦骨

092　　围坐一起

　　　摇着蒲扇

　　　度残生

093　　雨珠

　　　紧抓窗玻璃

　　　怕失足而一颗一颗失足

094　　够不着啊——

　　　葡萄架最高处

　　　吊两串

095　　晚风起

　　　树树伴睡的叶

　　　懒着不动

096　　向东行

　　　　回头望夕照

　　　　行行望望

097　　窄巷

　　　　落叶湿重

　　　　踩不出脆响

098　　锁已生锈

　　　　旧年那新春祈盼

　　　　还贴在门口

099　　晴日

　　　　草坡透亮

　　　　落叶也灿烂

100 树树银杏
　　 在风的威逼下
　　 摇落金身

101 古寺墙根
　　 白鸽新羽
　　 如卧雪

102 雨一粒一粒
　　 在土里
　　 播种雨籽

103 探测——
　　 等待回音
　　 爱比宇宙还渺茫

104　风雨路

　　握伞的手

　　风也吹雨也打

105　我们

　　用同一个秋的意象

　　说同一种情感

106　长街潮湿

　　一路晚樱

　　早啊

107　灰扑扑一叶一叶

　　枯长着

　　等雨再洗

108 假装不见路标

也不打问

就想迷路

109 "只买两个吗?"

店老板

你也知道你家包子小啊

110 凌晨下楼

一步一步挪向

惺忪的人世

111 鸟儿们

小点声讲八卦

隔墙有我

112　两色夹竹桃

　　两种沉静

　　忘了开也忘了落

113　青石榴一个个

　　歪在枝头

　　不成熟

114　火焰驹加鞭却无火

　　没惊醒

　　邻座梦里南柯

115　美术馆照相

　　走马观画

　　画很寂寞

116　闷雷响

　　快关窗关门

　　让它响不进来

117　猫背过身去

　　喊它几声

　　不给面子

118　麦穗尖尖

　　胡须样

　　幼年时见过这样的脸

119　戏——

　　台上演员

　　台下也演

120　　戏中人

　　　在戏外

　　　对镜说你好你们好

121　　太阳当空

　　　六月的水波里

　　　天鹅睡了

122　　喜欢你

　　　流水也流不走我

　　　白云一样云着你

123　　匆匆

　　　向后退去

　　　一路荒败的旧风情啊

124　　也有飞流直下的壮志呢
　　　　淋浴之水

125　　不翻的台历
　　　　无用地定格时间

126　　遗落了雨伞
　　　　不经意怀念起来
　　　　又是雨天呢

127　　风吹了吹
　　　　初樱掉落几瓣
　　　　就此磕磕绊绊地
　　　　过春天

128   叫声自己的名字

　　　　仿佛真的

　　　　我寻不见我

129   洒水车路过

　　　　今晨

　　　　下过很低的雨

130   喜和怒都倒出来

　　　　拍拍空口袋

　　　　人生回到幼稚园

风借芦苇唱民谣

治国卷

治国，本名刘治国，1990年生，诗人、戏曲编剧。

001　青蛙跃起——

　　溪谷中的第一声炮仗：

　　春之卷首语

002　春雨真勤快

　　年年挨家挨户

　　去敲门

003　满山桃树

　　在去年的枝上

　　开今年的花

004　一只蜜蜂

　　　飞到花蕊上

　　　给它挠痒痒

005　广厦千万间

　　　天下寒士

　　　谁欢颜

006　一人上山

　　　小路引我至羌村

　　　惊起三五飞鸟

007　那一树的花

　　　为不知道你的名字

　　　我整整羞惭一天

008　　横在花前的栏杆

　　　别费劲啦

　　　花香早溢了出去

009　　春天的离别

　　　多伤心啊——

　　　落在山坡的花

010　　燕子归来

　　　屋檐下

　　　荒草掩门

011　　一朵白玉兰与一朵紫玉兰

　　　相互遥望

　　　欲言又止

012　　樱花落下

　　　无人问

　　　疼还是不疼?

013　　飞鸟跃上枝头

　　　嘴角衔着小虫子

　　　不能开口和我说话

014　　碧绿的榆钱

　　　一串儿一串儿

　　　串起欢愉的童年

015　　指针一动不动

　　　画在手腕儿上的表——

　　　童年的欢乐在嘀嗒

016　　树上飞鸟振翅

　　　　草地上

　　　　落花问道

017　　谷雨闻鸠鸣

　　　　枝上几朵

　　　　落单花

018　　落红层层叠叠

　　　　一条泥土路

　　　　甘为春风买单

019　　同时涌向一条路

　　　　密不透风

　　　　蚂蚁们的早高峰

020 青杏还小
树下的儿童
一窝蜂

021 歇歇脚吧
那只忙碌的
毛毛虫

022 劳动节
看窗外飞鸟
劳动

023 一颗飞石穿过
少年细听湖水
笑出的皱纹

024　　清风移步

　　　绕过灰喜鹊

　　　偷摘一片海棠花

025　　阳光柔软

　　　落座树下

　　　我借海棠一下午

026　　千年海棠

　　　开满

　　　少年花

027　　友人相聚

　　　品茗谈令

　　　观花瀑

028　　广场上的白鸽子

　　　飞进博相府

　　　躲清净

029　　一树信封

　　　被一场风雨

　　　暴力拆开

030　　蚂蚁举着一片

　　　半干的花瓣

　　　搬走了最后的春天

031　　回家的路

　　　一条比一条熟

　　　一回比一回生

032　回家的心比车轮快

　　　不用翻山越岭

　　　也不拐弯抹角

033　从早晨走到晚上

　　　一路向北

　　　雪越来越像雪的样子

034　大雪纷飞

　　　山野穿上嫁衣

　　　那颗想出嫁的心啊

035　一闪而过

　　　大山在拐弯处开了一道门

　　　我没有钥匙

036　　缓缓前行
　　　火车穿过城市和乡村
　　　没人关心它的孤独与寂寞

037　　雪白的村庄
　　　谁家的姑娘出嫁了？
　　　桃红的院子

038　　雪地里的红衣女孩
　　　没能等到你转身
　　　火车就离开了

039　　那冰上的少年
　　　小心啊
　　　我曾摔疼过

040 　　我不悲伤

　　　　但是今晚到家

　　　　就想在你怀里大哭一场

041 　　拥挤的火车

　　　　大包小包的行李

　　　　村庄一年一次的孕期

042 　　大雪封山

　　　　火车穿行

　　　　风声咬住孤独不放

043 　　春雨细细下

　　　　所念之人

　　　　在远方

044　　相思的心

　　　谁知晓?

　　　问月

045　　她轻轻地打开

　　　一把遮阳伞：

　　　好灿烂的夏花

046　　秋雨绵绵

　　　落叶纷纷

　　　相遇恨晚爱不成

047　　月亮侧脸

　　　看我看你

　　　如月的面庞

048 爱人啊
　　　耳鬓厮磨
　　　难消相思苦

049 在你怀里
　　　把自己
　　　变成孩子

050 借余晖
　　　轻吻了一下
　　　你的额头

051 天凉好个秋
　　　与你相爱
　　　难相见

052　　回你的信息

　　　写两行

　　　删两行

053　　月亮藏起来了

　　　她是在和我

　　　捉迷藏吗?

054　　铺开一张纸

　　　空白处

　　　写一首空白的情诗

055　　越来越多的话

　　　被封存

　　　剩下的装心里

056 躺在青草地上

　　　听绿色的

　　　风声

057 木成林

　　　草色青

　　　挽手看黄昏

058 秋夜听雨

　　　无眠人

　　　生芭蕉心

059 桂花开遍

　　　枝头的画眉鸟

　　　叫声微香

060　秋风起时
　　　落叶独饮
　　　忧伤

061　秋风撒腿
　　　追落日
　　　掉进夜空

062　月色渐浓
　　　街边每盏路灯
　　　都露出愧色

063　遗鸥在
　　　盐湖上空
　　　唱遗忘之歌

064　一路上的柳树

　　　纷纷垂头

　　　但不丧气

065　蓝格莹莹的天上

　　　白色的棉花糖

　　　撩动着我的童心

066　残败的古长城上

　　　牧羊人正在

　　　迎风点将

067　笔直的白杨树

　　　威武严肃

　　　谁也不敢问它累不累

068　　一只鹰

　　　落在断壁残垣的城墙一角

　　　为它做一回临时注脚

069　　山上柿子树

　　　提着灯笼

　　　照游人

070　　听惯

　　　门前广场的音乐

　　　麻雀们也学会了信天游

071　　秋风起高调

　　　千树万树

　　　唱红了脸

072　　一片野芦苇

　　　　赶在夕阳落山前

　　　　认真缠绵

073　　满地寒叶

　　　　拥抱在一起

　　　　相互取暖

074　　一面白墙上

　　　　深红色的爬山虎

　　　　露出几根灰黑色的肋骨

075　　夜半星空

　　　　薄月邀我返故乡

　　　　同是旅人

076　　一夜霜降

　　　地上银河

　　　无鹊桥

077　　湿漉漉的枝条

　　　两只鸟

　　　商议过冬的事

078　　两只鸭子下冰湖

　　　岸上的梅树

　　　打了几下寒战

079　　一觉醒来

　　　蓝天与白雪

　　　叫我一时不知爱谁好

080　　一缕暖阳

　　　跳进来

　　　卧到一行俳句上

081　　窗外的雪明亮

　　　阳光也好

　　　小米红豆在锅中哼唱

082　　冬日赏雪

　　　往北一片白

　　　往南一片白

083　　广场树上装扮的假花

　　　也想留住几片雪

　　　谈情说爱

084　一把嫩芹菜在回家的路上

　　　从塑料袋中探出脑袋

　　　向我求救

085　下脚轻一点儿

　　　满地的雪

　　　有蜡梅香

086　路边荒草

　　　破雪而出

　　　不知怜香惜玉的粗汉

087　在雪地里蹦蹦跳跳

　　　孩子气的麻雀们

　　　也放假了

088　来呀,滑雪去

　　　尽情地撒欢吧

　　　不要撒尿

089　雪地上

　　　鸟声滑倒

　　　等我来扶

090　北风刺骨的寒冷

　　　赶不走广场上

　　　成群打伙的盗(雪)花贼

091　搬一块雪回去

　　　放进文字里

　　　腌历史

092 今日大雪
　　　快来看雪姑娘们的
　　　舞蹈大赛

093 冬至夜长
　　　连梦都比平常
　　　多做了几个

094 一只斑鸠落窗前
　　　敲了敲玻璃
　　　问早安

095 摇啊摇
　　　风借芦苇
　　　唱民谣

096　听雪的消息
　　等你的回信
　　——冬之烦恼

097　此刻，枯枝上
　　落单的鸟
　　有我陪

098　睡足觉的花猫
　　伸了伸懒腰
　　再去恋爱

099　停下吧
　　凄切的虫鸣
　　我要睡觉啦

100　扑簌扑簌

　　　爱人睫毛落下的

　　　心之雪

101　一群白鸽

　　　入晴空

　　　轻唱自由曲

102　到林间空地

　　　把身心铺开

　　　好让繁星认领

103　南山一本正经

　　　想搭句话的云

　　　坐也不是，站也不是

104　公园一日游

　　　人山人海

　　　连空气都不想说话

105　假山上的真水

　　　也学会了瀑布的

　　　样子

106　逢人开口

　　　说各种颜色的话

　　　心中贴着封条

107　云伸长手指

　　　提一盘雨线

　　　为旱地缝住裂痕

108　凌晨五点

　　朦胧灯光下

　　一杯凉茶静坐

109　一日三餐

　　花样尽量少一点儿

　　日子要往旧了过

110　日子过久了

　　锅碗瓢盆

　　也会闹情绪

111　睡觉的时候

　　手关灯

　　眼睛打开月亮

112 万家灯火

　　　通体透亮的城

　　　楔入多少孤独

113 农田百亩

　　　青苗呼呼长

　　　值几钱？老农直摇头

114 草长莺飞

　　　拂堤杨柳

　　　纸鸢唤我回童年

115 南山的坡上

　　　开满粉白色的野杏花

　　　无人赏

116　　方方正正的汉字

　　　总有人把它说得

　　　歪歪斜斜

117　　一夜之间

　　　三月的春风

　　　就为南山的桃树

　　　剪出满头红发

风的指挥家

── 雪雪卷

雪雪,80后,居长安,出版有诗集《试图》。

001 　　看着她长大的

　　　　那一片海

　　　　依然处于童年

002 　　转向时

　　　　误认夕阳为朝阳

　　　　并享受其中

003 　　她在杨树林流连

　　　　裙摆上沾满了

　　　　细小的乘客

004　　秋天到了

　　　　这座城

　　　　一无所获

005　　去见菩萨

　　　　走错路

　　　　歧途无处不在

006　　持戒

　　　　凝神听水

　　　　练习驯良

007　　终南很矮

　　　　只占窗户的

　　　　五分之一

008　　感觉每天都是做梦

　　　　偶尔做梦

　　　　才是真的醒来

009　　牛蹄印中的

　　　　一小片水

　　　　盛着昨夜月亮

010　　她一边写着慈悲

　　　　一边将爬到纸上的小虫

　　　　迅速捻死

011　　摇摇晃晃，恍恍惚惚

　　　　一天与一生

　　　　就这样过去

012　　医院的缴费单，寺庙的偈语条

　　　　陌生人的名片

　　　　易混淆的过往

013　　世界太大

　　　　笔太短

　　　　写不透，一粒沙

014　　仲夏夜，风起

　　　　女孩张开双臂

　　　　她是风的指挥家

015　　非洲菊，用花瓣卖笑

　　　　用茎上的细绒毛

　　　　打动人心

016 伪装成植物的信号塔

高耸着

旁边的树木,随风摇摆

017 你不在时

天边云

空空如也

018 父亲用中阮弹奏《枉凝眉》

烟雨中,终南山

轮廓模糊

019 没病的人呻吟

有病的人

沉默

020　　砍去旁枝，成大器

　　　却终是

　　　骨肉相离

021　　紫藤廊下避雨

　　　湿了裙摆

　　　怨相思

022　　用想象缠绵悱恻

　　　在现实中

　　　斩乱麻

023　　午后打盹

　　　诗集侧翻

　　　与地毯撞个满怀

024　　鸟儿低飞

　　　横穿马路

　　　用翅尖撒下晨光

025　　夜晚听李宗盛

　　　马路边看车来车往

　　　流泪

026　　时时刻刻住在我心

　　　另一面是

　　　时时刻刻离我很远

027　　住在他的水晶球里

　　　他一来

　　　就真的下雪了

028　夜晚流泪要开着灯

　　　泪水被光照亮

　　　就没那么冰

029　流浪的红舞鞋

　　　别在水边

　　　走失

030　微笑着说谎最糟糕

　　　听者也得

　　　微笑着听下去

031　各处收来的古旧石狮

　　　顺从地

　　　卧在新花园里

032　终南的槐花

　　听饱溪水声后

　　睡去

033　读《悉达多》

　　夜晚

　　梦见穿紫袍的孩子

034　用耳朵

　　挑出话里的肉，骨头

　　以及甜甜的装饰品

035　当众发言时

　　误以为

　　自己站在了高处

036　　学不会享受
　　　过程的美
　　　就到不了终点

037　　积尘许久
　　　书架上的各色书籍
　　　自顾自沉默着

038　　故乡
　　　一轮明月
　　　时时顶在头上

039　　健忘的人
　　　记住了一件事
　　　就真的记住了

040 扬起一把文字的沙

　　　迷了

　　　谁人眼

041 金钱的余额那么清晰

　　　时间的余额

　　　有些模糊

042 走得太急，停下来吧

　　　寻一处阴凉地

　　　看风吹柳动

043 做一只蚂蚁

　　　搬半粒米

　　　走稳自己的每一步

044　　园丁扫樱花

　　　小鸟唱安魂曲

　　　——喜葬

045　　小鹿雕像

　　　趁人不备

　　　偷偷低头吃草

046　　望着父亲全是老茧的脚

　　　在心里悄悄走一走

　　　他的来时路

047　　输液管里的空气

　　　眼里的沙

　　　虚的虚，实的实

048 虚度的谷雨

　　　没有雨

　　　也没有谷

049 看一眼经济数据

　　　窗外的树

　　　生长太慢

050 雨后细风

　　　稀疏的竹

　　　暖黄的回家路

051 偶然生于菩提树

　　　在一片叶子上

　　　忙碌终生

052　天空辽阔

　　　　小鸟可以画

　　　　平行线

053　擦掉口红

　　　　一个人

　　　　吃烤肉

054　抽烟的女人

　　　　在吐出烟圈的瞬间

　　　　松弛

055　独在异乡，病重

　　　　最想告诉妈妈

　　　　最不想告诉妈妈

056　接机口，阅尽千面
　　　你出现的一瞬
　　　千面归零

057　床头朝南，窗朝南
　　　枕着终南山的雪
　　　一整夜

058　读你的文字
　　　窗外
　　　雨潺潺

059　浓雾中，一棵树
　　　安静地
　　　长袖起舞

060　归途所需不多
　　一弯月亮
　　一颗星

061　初春，郊外
　　小鸟的疑问句
　　无人答

062　竹林，风起声动
　　竹叶，千军万马
　　声声有你

063　惹一小片白
　　惹一小捧
　　春天

064　时光飘远

　　　回头

　　　捡到旧时金子

065　红叶李含苞待放

　　　仗着春寒

　　　模仿残雪

066　春分

　　　高楼缝里的夕阳

　　　伸长长的懒腰

067　昨夜春风偷袭

　　　杏花瓣四散一地

　　　扮演乱世芳华

068 春雨落在灌木丛中

沙沙作响

摘下口罩听,很甜

069 天空瓦蓝

小飞机

画粉笔线

070 春风吹得越久

塑料花,越

暗淡

071 昏黄的路灯躲进灌木丛

晚风吹向

夜归人

072　海边的飞鸟

　　　夕阳

　　　一滴水的忧伤

073　高楼间

　　　小鸟怒飞

　　　奔前程

074　吻她

　　　像第一次

　　　像最后一次

075　明天就能见到他了

　　　花园里的玫瑰

　　　安好如初

076 百合一夜没睡

与芥蓝

讨论春天

077 如水的夜

如水的胸膛

三文鱼在冰上

078 说再见

窗外

月光依旧

079 2019年最后一天

树苍苍

云苍苍

080 下雨了

好长的人生

好大的寂寞

081 小月季

绣出最红的初夜

十八岁，躺在刺中

082 清晨的十字路口

灌木丛睡眼惺忪

一辆倒地的共享单车，宿醉

083 在地坛公园

与一棵古树

谈论人间

084　　皂荚，柳树，槐树，榆树

　　　通通安静下来

　　　等我下笔

085　　柳条的职业是

　　　速描

　　　风的形状

086　　一只黑鸟

　　　停在国槐眼睛形状的伤口上

　　　沉默

087　　对一颗碗口粗的银杏

　　　双手合十：

　　　替我看一眼千年之后吧

088　　整理旧诗稿，删除那行
　　　　"一棵颤颤巍巍的红叶李"的一瞬间
　　　　感觉自己正在伐木

089　　文学课上
　　　　一首诗被肢解为四部分
　　　　分别取名为：起，承，转，合

090　　土墙上计划生育的标语
　　　　还不知道
　　　　村子已被遗弃多年

091　　飞驰的汽车上
　　　　一只苍蝇在挡风玻璃前
　　　　激动地挥舞指挥棒

092　　暂时栖身于这具躯体

　　　　身体发肤：

　　　　请多多指教

093　　深夜到家

　　　　吃一颗葡萄

　　　　惊醒几只飞蝇

094　　跑步机的最大作用是

　　　　确保奔跑后

　　　　人依然在原处

095　　坐地铁的建筑工人

　　　　系紧格子衬衫的

　　　　第一粒纽扣

096　　尘埃一样小的事物

　　　照样可以如一滴油

　　　蒙住心窍

097　　演员眼中

　　　别人都是演员

　　　演技不如自己

098　　夏日黄昏，听久石让

　　　梧桐下的少年

　　　骑行而过

　　　如白马

099　　选一本书陪伴自己旅行

　　　　艰难、慎重

　　　　像选一个

　　　　共度余生的爱人

100　　踩着肩膀的梯田

　　　　攀爬于人群的某一层

　　　　来不及收起额上

　　　　交易的符

101　　高速路上

　　　　橘红色的清洁工

　　　　麦田里

　　　　孤独的稻草人

102　看不到终点,就忘了

　　　倒计时的嘀嗒作响

　　　看到了终点

　　　一切已经结束

103　偶然瞥见树上的果子

　　　当是

　　　一夜之间

　　　挂上去的

104　脑梗老人

　　　一小步一小步学走路

　　　老年生活

　　　从童年开始

105　　雨突然停了

　　　白云

　　　打了个趔趄

　　　染了半边瓦蓝天

106　　一首诗

　　　写下来是一种命运

　　　读出来

　　　是另一种命运

107　　光脚立于河畔

　　　人是否可以比一棵树更高

　　　比一条河

　　　更长

隔一阵就想叫一下你

——安娟卷

安娟,诗人,有诗文散见于报刊。现居西安。

001　　寂寞白楼

　　　　墙上

　　　　植一行树影

002　　老墙

　　　　风雨书笺

　　　　青苔篇

003　　雨线

　　　　缝合天与地

　　　　花鸟为图

004　　听见雨声

　　　　忙掀帘

　　　　贴雨在耳旁

005　　长尾鸟

　　　　把球衔下树

　　　　或借我几根羽毛可好

006　　树荫下仰躺

　　　　阳光来了坐花垫上

　　　　枕臂弯上

007　　凉台聚了些雨

　　　　从鸟爪

　　　　许多雨点又重落了一次

008　　晨光清亮又薄

　　　后半日雨

　　　早秋记

009　　午后

　　　梧桐树下

　　　浇透蝉声

010　　四月

　　　过了很久

　　　五月也过不去

011　　许多树聚在一起

　　　似无声的市井

　　　风推搡着走

012   翻早先日记

       半世总总

       仓皇见少年

013   路灯下蟋蟀

       八零年代的夏夜

       不似今夜冷寂

014   飞来飞去两棵树

       鸟爪

       染花色

015   还记得

       烟草叶呛黄

       夏日的酣睡

016　　晚饭时

　　　他把祭品

　　　从供桌端到了餐桌

017　　落日疾走

　　　一身黄衣沉绿穗

　　　笑脸出麦芒

018　　伸手就够到几颗酸枣

　　　孩童时的想法

　　　这么轻易就实现了

019　　搂一把艾草

　　　昨日味道的

　　　亲爱

020 点燃艾草
　　　墨山
　　　青烟束

021 夜半小院
　　　月影重花影
　　　风虫抚斑竹

022 两扇矮门
　　　土墙上残破的眼
　　　躲在乱草后

023 山野里青碑冷寂
　　　新苗见长
　　　云雀在低飞

024　　无脚风

　　　掀开白纱帘

　　　不邀已自来

025　　夜晚种下日影

　　　清晨矮房子长出

　　　四散的烟火

026　　飞鸟声湿

　　　一天雨

　　　一天都在黄昏

027　　楼宇间一盏灯灭了

　　　再灭一盏

　　　天也就亮了

028　晾晒躺椅

　　　保持干鱼的姿势

　　　太阳是只暖猫

029　心有一棵树

　　　也历凉秋

　　　一日落叶

030　打开冬之窗

　　　铺张的灰色

　　　描述冷伤

031　天上走来

　　　成群雪兽

　　　乖顺地伏卧在我窗前

032 拨开粒雪

　　　红红浆果

　　　红手捧

033 迷恋

　　　西红柿绿蒂

　　　菜地香氛

034 一缸红鲤鱼

　　　慢摇的

　　　红色高跟鞋

035 雨雾中古街

　　　厚木宽凳

　　　酒旗要再旧点

036　　夜夜长话

　　　　字字相见

　　　　是纸温

037　　湿鱼手里滑

　　　　想要去

　　　　走一走这人间路

038　　雨大而密

　　　　满地

　　　　水爆竹

039　　笑打嗝不可止

　　　　嗓眼里藏一只落水鸭

　　　　叫得累人

040 寒夜里

　　　树下一只瘦小猫

　　　我影长触到小猫头

041 读一本

　　　可以从中间起

　　　向前或向后看的书

042 天色晚了

　　　他两手紧贴口袋

　　　装回一粒米

043 石头挨着石头

　　　风拉扯着风

　　　河边自生草

044　　你在地上

　　　　地在天上

　　　　天架在两山上

045　　大概不知要什么

　　　　那种年纪

　　　　无望地想

046　　见到老者

　　　　以为他本就是老的

　　　　现在不这么想了

047　　坐路边

　　　　听小绿叶

　　　　弹起树的琴

048　各样声音进来

　　　　小小方地

　　　　众人皆门

049　客官里边请

　　　　小饭馆

　　　　来了江湖

050　无聊时

　　　　黄狗拨弄地缝草

　　　　鸽子声声唤"姑姑"

051　日日路过合欢树

　　　　等它

　　　　撩我桃色扇

052　　太寂寞

　　　一池墨叶

　　　密而不语

053　　酱色鸟

　　　看见你啦

　　　扮枯叶

054　　找到你

　　　如在草垛里发现一颗白鸡蛋

　　　贴上去热乎乎的

055　　我们扬言要打倒对方

　　　每次败笑着

　　　从草地上爬起来

056　　夏夜虫鸣

　　　小路悄静

　　　隔一阵就想叫一下你

057　　湿答答一张俏皮口

　　　扑上来

　　　脸上盈盈泛小泉

058　　闲云卧

　　　细草穿墙

　　　红蚁自在走

059　　花池舞

　　　红搭手，绿扶腰

　　　白月碎步走

060 青鸟飞去

一枚竹叶

旋消的清音

061 冬夜卖烤红薯的老人

这个夏天

开始卖冰了

062 阿光找回了我的行李

白天在船上

他总是把脚伸进海水里

063 那日之动人

大概

与净朗的天有关

064　银色蛛线

　　　横挂铁栅

　　　荡午时灿阳

065　水洗绿叶菜

　　　小青虫

　　　奋力游

066　天微白

　　　声声鸟叫

　　　好像雨落在了林间

067　算好日子

　　　信投递出去

　　　回应很久那种友情

068　　你来过的地方恰我也去了

　　　　你造句的山水

　　　　我也看见了

069　　一只白头鸟

　　　　用长长的枝条

　　　　垂钓一尾风

070　　剥出

　　　　月亮的核籽

　　　　作了自己的诗

071　　去年石榴

　　　　残牙破口

　　　　挂在新枝红花旁

072　醒来后

　　　又闭眼

　　　想续上刚才那个好梦

073　夜晚来了

　　　没有灯光的窗格

　　　静穆成一个一个黑色大抽屉

074　林动

　　　风声起

　　　月牙儿小勾手

075　雨后

　　　阳光新洗

　　　蝉声如响泉

076　花脖子

　　　红脚鸽

　　　官人模样踱步雨中

077　酸了

　　　涩了

　　　野果子的夏天

078　从前这里没有桥

　　　抬脚过河

　　　故事不长

079　我们等了一晚

　　　月亮

　　　掉进了云洞

080 送你走时

心在旷野

在那棵小松旁

081 正午

土墙熨暖风

蜂蝶浴骄阳

082 午后虫鸣

涌向小屋

潮音消退树岸

083 此刻日光如白水

淘洗

道旁人

084　　四只鸟

　　　　衔起四只角

　　　　晃我于小城广场

085　　走入林子

　　　　繁夏里

　　　　寻来这一处细凉

086　　枝上红果子

　　　　想我

　　　　一个果园的梦寐

087　　坐桑树下

　　　　桑果泛红

　　　　说起旧假日

088　　正午过荷塘

　　　　蛙声

　　　　张开弓

089　　从我身边路过

　　　　山人雨衣

　　　　油亮亮

090　　孩子说

　　　　春天

　　　　很丰盛啊

091　　小路黄花抢眼

　　　　雨中败酱

　　　　我喜欢它的名字

092　　从晾衣绳上

　　　收好衣服

　　　那种屋乌之爱

093　　雨后草地

　　　吹响

　　　蛙哨子

094　　未熄灯的人啊

　　　今夜有人和你一样

　　　看你亮格子的窗

095　　立碑前

　　　和先人说了几句

　　　佑福自己的话

096 站窗前

等你出现

在两棵树空白处

097 下山时

残花朵小

黄叶要盛大

098 银杏季

金箔糊秋

皇家样

099 林荫道的绿太深

走进去的人

孤独也深

100　　取邮件回来

　　　　斜阳在身后

　　　　拖很远

101　　割草机后

　　　　草味

　　　　泄漏了

102　　轻风晃小钟

　　　　夏虫

　　　　敲廊音

103　　青枣花

　　　　紧攥拳头

　　　　何时开让你猜

104 空气中各味酱料

   深夜街市

   集中烟火

105 水产肆

   妇人棒下

   圆嘴鱼

106 地面僵冻

   碎掉的叶子

   冬日冷器上的裂纹

107 一条河

   结了冰

   大地贴上封条

108 窗上斜雨

粒粒珠珠

流花树

109 野地

意外浆花落果

秋也仓促

110 天凉指瘦

戒指滑落

水滴岩洞的古响

111 落雨

地面湿花

繁开到汪洋

112 街道冷雨

　　湿铺的

　　重色油彩

113 秋阳里

　　四个老人

　　默声摸纸牌

114 夜草湿

　　炉膛炭火

　　牧蓝烟

115 月光涌入窗

　　书桌上

　　碎花布与冷花瓶

116　　残荷画塘

　　　冷水洗镜

　　　条鱼画出波浪线

117　　鸟叫一声

　　　就分了神

　　　这按捺不住的野心

118　　蜘蛛挂在墙角

　　　我躲起来

　　　等着吓你

119　　雪下给谁

　　　是不一样的吧

　　　我望天黑时你做什么

120　地铁上

　　垂吊的扶手

　　人人输液的虚弱状

121　望去

　　车厢里

　　长堤繁树的样子

122　冰层消融

　　无山风

　　无孩童

123　春寒

　　枝上桑芽

　　心似芽尖也料峭

124　　爬上山

　　　　山在更高处

　　　　傍晚走进一个人的版图

125　　蝴蝶

　　　　飞不到指尖

　　　　试过很多次

126　　我们约定太阳落山

　　　　就去街角

　　　　那家米粉店

127　　落落花雨

　　　　生出

　　　　角色里的落寞

128　玉兰凋败

　　　一地焦黄叶

　　　焚烧的诗稿

129　再见时

　　　想成为

　　　彼此的山水呢

130　公车向北走

　　　身旁坐几个老人

　　　我们的时光正轻盈

一个人的四季

宁刚卷

宁刚　本名宋宁刚，1983年生。诗人，现任教于西安财经大学文学院。出版有诗集、诗论集、随笔集等多部。

001 雪粒细密

铺撒

一条逶迤的路

002 细雪

敷衍着残冬

渐行渐远

003 拨开枯草

潮湿泥土中

一簇新绿

004　　一觉睡到日上三竿

　　　自在啊

　　　窗外正一派天青

005　　不见风筝

　　　夕阳

　　　从鸟背上划过

006　　放下刚强

　　　皈依于一朵花的

　　　柔弱

007　　干渴一冬的树苗

　　　如今顶着

　　　露水的王冠

008　你说起三月天

　　　虫子多

　　　没错,这春日也是虫子的

009　寂寂山中

　　　野花与鸟鸣

　　　竞相喧嚷

010　天色暗下来

　　　一颗一颗的星

　　　亮起来

011　不知疫病的鸟儿

　　　公然

　　　聚众枝头

012　三月

　　香菜仰望

　　香椿的时节

013　这是有多少话要说啊

　　泡桐树

　　架一树小喇叭

014　花香

　　暴露

　　躲在树后的紫槐

015　窗外爬山虎的新芽

　　风中

　　不愿放手

016   忽冷忽热

　　　又一个春天

　　　人们过得磕绊不安

017   煦风中

　　　千朵万朵的油菜花

　　　向你点头致意

018   密林中

　　　一棵干枯的树

　　　骨立着

019   木叶尽脱时显露的

　　　喜鹊巢

　　　重新隐没枝叶中

020　　黑喜鹊、蓝喜鹊

　　　林中鸣叫

　　　鸮也在远处呼应

021　　正午山顶上

　　　歇一卷

　　　厚而蓬松的云

022　　废弃的院落

　　　荒草

　　　把守院门

023　　走进绿得发黑的林中

　　　忘却

　　　红得发黑的事

024　空荡荡

　　　绿茵场上草高

　　　无球事

025　五月

　　　爬山虎带来绿意

　　　和清凉

026　仙人掌

　　　也有一颗

　　　会开花的心呢

027　路边艾草

　　　暗自散发

　　　浓烈气息

028　　阴天——

连接晴天与雨天的

一座桥

029　　有时桥近于无

一阵骤然袭来的大风

换了天地

030　　连天大雨

仿佛

夏天的休止符

031　　雨天鼓点

有意打乱

季候节奏

032　　晴天是彩色的

　　　　雨天

　　　　更像黑白照

033　　晴天静默中喧哗

　　　　雨天

　　　　喧哗中静默

034　　雨水

　　　　接替阳光

　　　　值守夏日几天

035　　雨天

　　　　与晴天的期盼

　　　　也不同了

036　　小雨是小令

　　　大雨是长调

　　　绵绵细雨呢？

037　　走进茫茫雨雾

　　　忘记是六月

　　　是三月

038　　雨后

　　　一半天的静寂

　　　好好消受

039　　竹扇相伴的夜晚

　　　蚊虫相扰

　　　也睡得安

040　　清晨洒扫的庭院

　　　　傍晚

　　　　碎叶又落一地

041　　猫在树下懒着

　　　　蚂蚁们

　　　　一派忙碌

042　　夜里

　　　　地藏殿外白山茶

　　　　开了五朵

043　　寺中一日

　　　　从星月交辉的四点

　　　　开启

044　　山门开殿门开

　　　木门吱呀

　　　带你回到多年前

045　　常寂师

　　　终年值守天王殿

　　　寂寂无声

046　　一束阳光

　　　从窗里进来

　　　又蹑脚离开

047　　微风

　　　拂动

　　　桌上文竹

048　龙爪槐

　　　风中

　　　伸展筋骨

049　廊下读完一部经

　　　翠绿的幸福树

　　　频频点头

050　西归堂前

　　　鱼儿游

　　　莲花开

051　秋雨

　　　逼退

　　　秋老虎

052 雨中落花

与落叶

落得同样下场

053 你打伞

雨滴

也打

054 雨水

有个大气的名字——

天水

055 井水

比井底之蛙

聪明

056　　雨中疾驰的车

　　　也在享受

　　　踩水的爽快

057　　小小溪流

　　　也深谙

　　　汹涌之势呢

058　　看一部台湾老电影

　　　想去那满山绿意的站台上

　　　站一站

059　　秋风

　　　为落叶

　　　收尸

060　　秋雨

　　　徒劳寻找

　　　雨燕踪迹

061　　一路看

　　　杨树

　　　花黄的顶

062　　人声惊动了树林

　　　几只鹌鹑

　　　低飞而出

063　　青山

　　　白云下

　　　静默

064　　乡野里，羊的膻味

　　　野蒿的草腥味

　　　泥土里，鸡粪的臭味

065　　每一脚下去

　　　都有没有说出的歉意

　　　面对先你到来的草

066　　小花的马尾

　　　在漫山狗尾草中

　　　摇晃

067　　沟边人家

　　　整日听

　　　山上下来的水声

068 云彩照亮山顶

豆苗,秋虫声中

缄默

069 秋风拂过

芒草点头

其他的,也都低顺着弯腰

070 冯里

青蛙在蛙泳

狗在狗刨

071 流水多有耐心

把棱角分明的石头

一一洗圆

072　石头有石头的命运

　　　础石，柱石

　　　过门石

073　阴天

　　　度我

　　　更加阳光

074　暖照的日子

　　　秋冬脚迹

　　　稍稍后退几步

075　洒满阳光的庭院

　　　深秋

　　　深几许

076 一树
　　燃不尽的大火
　　照耀山谷

077 点叶成金的
　　银杏
　　一树一树金身

078 一树银杏的金黄
　　如此慷慨
　　如此慈悲

079 哪里来的福报
　　一树金叶
　　借得佛光

080　　面对一树金光

　　　不由得

　　　双手合十

081　　银杏

　　　生火

　　　也生金

082　　火克金

　　　金克木

　　　银杏除外

083　　佛说

　　　不可以色身见我

　　　十一月的银杏除外

084 　　生当如银杏

　　　　死当如

　　　　银杏叶

085 　　一地白果

　　　　等你

　　　　白白捡拾

086 　　入冬

　　　　雾霾卷土

　　　　重来

087 　　今冬的风

　　　　硬生生

　　　　先从山顶上领受

088　　错过季节的桐花

　　　在一簇黄叶照拂下

　　　绽放

089　　寒风侵逼

　　　冷雨助威

　　　冬的阵仗更大了

090　　站在山顶

　　　遥想远处

　　　看不见的雪河

091　　灰黑山下

　　　繁叶落尽的杨树

　　　手臂分外白

092 一枝白掌

从墨绿的枝叶间

伸出来

093 没有蝉鸣

树上几片枯叶

风中作响

094 一年中黑夜最长的几天

被寒冷、阴霾

拖得更长

095 那些昼短的日子

自有它的

清白

096　为那久等未至的雪

　　　老天酝酿

　　　许多天的阴沉

097　小小的雨夹雪

　　　濡湿

　　　大地的口唇

098　岁末几天

　　　猫儿眯眼

　　　静候新年到来

099　雪野中

　　　树枝依然飒飒

100　　茫茫雪地

　　　一如你的自白

101　　一花一世界

　　　一茶*也是

102　　树的脸

　　　也和树姿一样

　　　各式各样啊

103　　树丛中一只躲闪的猫

　　　随你走雪路

　　　顿觉天地高阔起来

---

* 小林一茶（1763—1827），与松尾芭蕉
　（1644—1694）、与谢芜村（1716—1783），
　并称日本三大俳句诗人。

104　旷野里

　　那棵树

　　直挺挺立着

　　仿佛树立着什么

105　喜欢雪

　　喜欢一地雪泥

　　雪泥是泥

　　也是雪呢

106　一想到雨打芭蕉

　　就想起

　　竹杖芒鞋

　　行脚的诗人

107　听着鞭炮声

　　　想起上山寻雪的日子

　　　很多旧时光

　　　落在身后

108　缄口不语

　　　长寿花

　　　依旧在等

　　　新春的欢笑

109　蓝莹莹

　　　野花漫开

　　　迤逦一片

　　　是河流，是群星

110 北国暴风雪

你从一碗槐花麦饭里

见证春

也见证冬

111 有时雷声

或远或近地鸣响

像在助威

又像狐假虎威

112 一觉醒来

大雨滂沱

睡眠之舟

渡你到雨岸

113　山野中

　　踩一地落叶

　　踩出多少

　　久违的欢乐

114　山路上

　　杨树的掌声一片

　　叶雨一片

　　溪流，笑声一片

115　你惊讶

　　芒草苍苍

　　一群羊回头

　　又继续吃草

116　　杨树

　　　或绿，或黄

　　　或浓密，或疏朗

　　　始终不二的直爽

117　　像赫拉巴尔*那样

　　　光着膀子

　　　在乡间路上走

118　　黄昏时分

　　　蛐蛐声四起

　　　犬吠和炊烟

　　　山下响应着

---

* 博胡米尔·赫拉巴尔（1914—1997），捷克作家。

119　　枯树枝干

　　　天空中

　　　展开

　　　霜花纹路

120　　多少热闹的村子

　　　无意中成为

　　　芜村

121　　农人

　　　种下一畦畦庄稼

　　　南山

　　　在自己怀里

　　　种下数不清的杂草

122　差点忘记

　　走过多次的小路

　　有美丽的名字——

　　芳丛

123　枯叶落尽

　　爬山虎

　　细数自己

　　一年的来龙与去脉

124　蟹爪兰开了又谢

　　雪落了又落

　　长寿花

　　耐着性子

　　含苞两个月

125　一派秋色中

大家说着

乌克兰的郊野

英格兰的乡下

还有盘旋在你心底的

京都的山林

走在夜的右下角

——
之道卷

之道,本名王金祥,1964年生。诗人、《诗人文摘》主编。《终南令坛》主持。

001　　穷人家院子

　　　种出来的玫瑰花，竟也是

　　　公主模样

002　　白云不知归途

　　　飞鸟不知来路。小沙弥

　　　站在菩提树下，数落自个儿

003　　大黄狗

　　　跟在身后

　　　盯着眼前这把老骨头

004　　雀巢空空

　　　　覆盖一层薄雪

　　　　雀儿，挂职锻炼去了

005　　冬雨

　　　　淅沥，枝头的枯叶

　　　　掩面而泣

006　　寺里的麻雀

　　　　个个都该

　　　　减肥了

007　　腊八

　　　　香积寺散粥，穷人的队伍中

　　　　夹杂着几个富人

008 屠杀

落叶的风

末了,也悬梁自尽

009 盛开在

案桌上的杜鹃

根,还在长白山呢

010 第一片

雪花,复制粘贴了

秋天的忧伤

011 游客敲磬

小和尚箭步上前呵斥

众人哈哈大笑

012　　雪未到

　　　　雪未到,一眼望不穿的冷

　　　　被寒风撕咬

013　　我是懦夫

　　　　疾步走在夜的右下角

　　　　对,右下角

014　　囚禁在

　　　　城池里的时间,早已忘掉

　　　　荒郊里的野草该绿了

015　　靠着床头

　　　　打盹,手中的书哗啦啦

　　　　自己合上

016　　五十岁以后

　　　再也没有出现过一副

　　　天将降大任于是人的样子

017　　我是行走的陷阱

　　　很多时候

　　　阱底只有我一只猎物

018　　迎春花

　　　像做错事的孩子，蜷缩在

　　　冬青树的背后

019　　我倒下时

　　　一个人的多米诺游戏

　　　随之结束

020　　当我老了

　　　说着说着

　　　就不用这个"当"字了

021　　我用一支笔

　　　打捞文字,有时候

　　　是一个一个钓上来的

022　　晨旭从窗户水平侵入

　　　一层崭新的尘埃,相伴我左右

　　　而我,依然陈旧

023　　落花一片

　　　哀怜它的人痴痴望着,如同

　　　将要扑火的飞蛾

024　　田野里的花,何其懒惰

　　　　无顾晨旭、晨风、晨露

　　　　日上三竿才睁开眼,看世界

025　　第一缕曙光

　　　　并不怎么亲切

　　　　它只是为后来的灿烂探路

026　　第一眼

　　　　看到樱花,如遇情敌

　　　　令她慌张

027　　难得

　　　　念你时,波澜不惊

　　　　可你说,有人耳根在发烧

028　　饱满而轻快的雨滴

　　　　打在我的脸上，就像贴在她

　　　　丰腴的乳上

029　　春天将这么重的色彩

　　　　赏给紫玉兰

　　　　难道是嫡亲么

030　　没有春雨滋润

　　　　小樱花失去自信，生得萎靡

　　　　死得敷衍

031　　寒冷的记忆

　　　　将要穿透三月，花是浅薄的慰藉

　　　　雨让雀儿在春天里战栗

040　　情人相拥

　　　　却各想心事

　　　　用寂寞做黏合剂

041　　大家都知道

　　　　合影中的微笑来自

　　　　茄子

042　　风骂骂咧咧

　　　　说是一座高楼，挡住了

　　　　它的去路

043　　花死

　　　　果生

　　　　生死两相依

044 顽童们

　　　拿花朵当蝴蝶

　　　捉在手中戏弄

045 清明

　　　满园桃花

　　　祭奠花影下的崔护

046 父亲坟前

　　　开满黄灿灿的蒲公英

　　　大地如此厚待,我们磕头致谢

047 春已去

　　　夏未到

　　　五月,左右为难

048 九丈塔

三重凭栏依,佛悲喜

菩提泪一滴

049 透过树隙

赏花。且不说花容如何

先图个树下阴凉

050 问老者

此处何景最可观

笑答:你们城里人真闲

051 最美妙的人生

莫过于,三岁时捡到一分钱

买个鸡爪子啃

052　　两情若是久长时

　　　岂能不

　　　朝朝暮暮

053　　大娘歇息

　　　镰刀靠着树，荒草们

　　　趁机长出一口气

054　　莺啼

　　　蛙鸣。白鹭低头

　　　啄泥鳅

055　　听

　　　溺水的风

　　　临死还不忘生波浪

056 燕子塘边濯足

　　　蝌蚪塘底打盹

　　　不清不浊，一塘春水

057 灯火，打盹

　　　倒影在灯油中生根

　　　一根一菩提，替佛言慈悲

058 来吧

　　　灯

　　　闭上眼睛睡觉

059 路面上的积水打着饱嗝

　　　雨，仍在修改脚本

　　　伞，该入场了

060　　砸在水洼里的雨点

　　　个个都在靶心

　　　可圈可点

061　　最早歌唱黎明的并非鸟儿

　　　蚊子在纱窗前来回飞舞

　　　个个抹着口红

062　　来吧,站在窗前

　　　看这瘦小的月牙,让我们做它

　　　不起眼的影子

063　　深夜,蛋黄般的月亮

　　　飘浮在对岸。它强迫自己成为一枚

　　　清醒的种子,黎明时发芽

064　　逾墙的，并非我一人

　　　蜗牛，蚂蚁，败了又开的雏菊

　　　李清照式的呻吟

065　　黎明时，打开窗户

　　　其实也就拉开一个窗缝

　　　凉风涌入，秋天冲着我打了个喷嚏

066　　鸦雀无声

　　　鸟虫无声，枝叶无声

　　　我在林中，一路吹着口哨

067　　一个人游行

　　　默声喊口号，哽咽时

　　　就装成向陌生人，打听陌生的路

068　　大地倾斜

　　　早晨企图直立行走

　　　冗长的光芒被乌云剪掉

069　　蓦然是秋

　　　蔚蓝回到天上，几朵白云

　　　面面相觑，笑问客从何处来

070　　风，在追忆它的前世

　　　瘸腿的云卧在天边打盹

　　　垂柳寂寥，削发为尼的心都有了

071　　我喜欢

　　　这昏暗的清晨，分不清云天

　　　万物悲壮，谁会步履轻佻

072　　冷静如蛇的人

　　　　偶尔仰一下脖子

　　　　就能阻止我抬高自己的尊贵

073　　吹我的风,省省力气吧

　　　　醉酒的李白就躺在前面,要吹醒他

　　　　可不容易

074　　不吭声

　　　　不代表沉默

　　　　我心中的内讧,远远没有结束

075　　枯叶背后

　　　　生出新的芽苞。它们同台演出

　　　　死不给生让路

076　　蹲在墙角下的四位老人

　　　清一色的黑袄黑裤，一声不吭

　　　与日子对峙

077　　再看《辛德勒名单》

　　　忽然觉得，如今的日子过得

　　　太大意

078　　逼仄的小巷

　　　容不下灯光。脚与腿的影子

　　　时常挂在墙壁上

079　　紫叶李的小白花

　　　开得腼腆、小气。胸无大志的样子

　　　恰好与我的童年惺惺相惜

080   半夜醒来

　　　读《枕草子》。读到眼花，喝口可乐

　　　打了个嗝，接着再睡

081   不知名的鸟叫

　　　在旭日升起的时候

　　　被七大爷的几声咳嗽压制住了

082   今夜

　　　漆黑，黑不是色

　　　我独行其中，浑然一体

083   城市里的花儿，开得艰难

　　　并非美人妒忌，是官员们的眼神

　　　令花儿心惊胆战

084　　蜘蛛

践踏花蕊，在花瓣上织网

企图捕猎蜜蜂蝴蝶

085　　蜘蛛

并不把网织满，它给风

留了条生路

086　　骗回家的野狗

吃饱后就跑了。后来

又站在家门口，它饿了

087　　站在屋檐上的麻雀

看见针尖大小的饭粒儿

直接俯冲下来，啄它

088　麻雀，一定是个绰号

　　它的本名应该叫

　　欢喜小家雀

089　半跪下来

　　看着今年新出生的小麻雀

　　真想给它起个乳名

090　总想

　　把书架腾空

　　给上面摆满花花草草的种子

091　迎着晨曦

　　吆喝，大爷卖甑糕

　　大娘卖槐花，此起彼伏

092 扬花的麦穗

　　　　趴在风的耳朵边私语

　　　　我要怀孕

093 出殡的队伍

　　　　前半截哭哭啼啼，后半截

　　　　说说笑笑

094 坐上

　　　　绿皮火车，向西

　　　　穿越脑海中的疆土

095 春天在田野上乱跑

　　　　麦苗告诉风

　　　　强盗来了

096　　农夫田间除草

　　　喜鹊枝头打闹

　　　风在陇上，哼小曲

097　　旧枝垂眉

　　　无限愁绪

　　　三月不与论新绿

098　　崖畔无梅

　　　几枝连翘

　　　闹春意

099　　向西

　　　多别离

　　　高枝梢上鸟悲啼

100　　爬到半坡的春

　　　停下来歇脚,山顶的枯草

　　　急得直跺脚

101　　故乡

　　　是谁的故乡

　　　谁早就肝肠寸断

102　　坠落的苦楝子

　　　把苦涩,还给了

　　　大地

103　　幽暗的街灯

　　　延续着冬的陋习

　　　紧缩脖子,蹲在路牙子上

104 离岸

越来越远。即便抵达

也是漂泊

105 打问

何处可以落脚

答道,往西再走走

106 翠柏

坟茔

阳光,各自若无其事

107 废墟

墨镜。天主堂里

暗灰色的钟声

108　列车

穿行于田野

平添一道绿色的闪光

109　瘦小的漆水河

缓缓流淌

一副大病初愈模样

110　对美食的贪婪

迫使我改变既定方向

迈出轻快的步伐

111　不想

过早打问，我走了又走

直到无处落脚

112　　疲倦

　　　侵蚀了所有想象

　　　停下来，教天空如何闭上眼睛

113　　挚爱的河

　　　如今水平如镜，无风，无鸟

　　　无波浪

114　　离开故土的男人

　　　站在车窗前

　　　抽烟，发呆，枯望

115　　开在废墟里的杏花

　　　用一身洁白

　　　呐喊

116　　绛帐

　　　午井

　　　伴我，西行

117　　从乡下回到城中

　　　九岁的刘立杆

　　　拉开弹弓

　　　不知

　　　该打何物

118　　善良的雨并非

　　　纯净

　　　它要

　　　涤尘、濯风

119　　小溪

　　　瀑布

　　　跌宕处

　　　囚禁着一洼清澈

120　　她，憎恨黎明

　　　屠杀的星星

　　　她

　　　最隐秘的托付

121　　周四

　　　尾号为九的月亮

　　　戴

　　　口罩

　　　匿身于乌云之中

122 五月

沉重的绿

让大地,喘着粗气

阳光

明媚

小男孩冲着打伞的女人叫喊:

天没下雨

123 受孕的

麦穗,相互推搡

个个高呼

绝

不

妥协

124 女人

　　　雕刻水的高手

　　　拿月亮，做

　　　刻刀

125 抵达远方的一刻

　　　麻醉师趴在你耳边说，药用完了

　　　于是

　　　重新疼痛

　　　遥远的疼痛

126 巨大的

　　　黑暗

　　　只有孤零零的花儿

　　　没有少年

127　老了

不再提南方、北方

一左

一右

足够

给世界一点颜色看

吕刚卷

吕刚,1965年生。诗人,现任教于西安建筑科技大学文学院。著有诗文集多部。终南令社社长。

001　　我写——

　　　　写我的冬日生活

　　　　春意或在其中

002　　高树与远山的水墨

　　　　沿着那条小路

　　　　便会深入其中

003　　树上乌鸦

　　　　"啊——"的一声

　　　　唤回你黑白色的童年

004 　路边歇着

　　　沉默的挖土机的

　　　思想者

005 　枯黄的叶子

　　　曾经绿过

　　　后来也红过

006 　吃了又红又甜的柿子

　　　遇见空落落的果树

　　　也想搂着摇一摇

007 　长长山路

　　　一个后生赶上来

　　　与你并肩行过一株高树

008 迎着夕阳

　　看白花花的芦苇

　　心里想那没来的雪

009 初冬的林子

　　依稀记得

　　你春上掐花的身影

010 八角金盘

　　数来数去

　　九九七七

011 口罩卸下

　　话多了

　　还戴上

012　　她咔嚓一刀

　　　断了我

　　　蓄发抗疫的志

013　　摘下口罩

　　　迎春花认出我

　　　用长长的枝条撩拨

014　　忍冬啊

　　　倒春寒

　　　也忍一忍

015　　卖笋的女子

　　　拿绿笋指那人的背影

　　　说——

016　也给蜘蛛道个歉

　　　　是我一不小心

　　　　捅破了蛛网

017　樱花树下过

　　　　落红起身

　　　　追我

018　没吃的菜薹

　　　　开作明日

　　　　星黄的瓶花

019　整理书架

　　　　向每一本告别的书

　　　　致歉

020 二十年前一封信

读进去

她不放我出来

021 一夜间

李花白

黑暗退到墙角

022 晨风

撩起长发

按下短裙

023 劳作者

在桃园里

在桃花外

024　海棠树下

　　　　话少

　　　　花落多

025　春雨啊

　　　　不断地努力

　　　　天天向下

026　偷来的花

　　　　她也殷勤

　　　　分赃与我

027　山坡下解手

　　　　也装作

　　　　看花的样子

028 乌鸦挥起

　　　黄金的铲

　　　敲四月新绿的钟

029 蜘蛛在屋角

　　　示范网络生活之快捷

　　　之便利

030 揽衣独坐

　　　长夜如杯

　　　月光如水

031 血腥战斗

　　　夜里三回合

　　　与一匹精壮的蚊子

032　　拍死的蚊子

　　　　腹内空空

　　　　感觉欠它一滴血

033　　坐北窗下

　　　　吃西瓜

　　　　看孔雀东南飞

034　　原野上

　　　　快活花草的中心

　　　　孤单一棵树

035　　思想的蝴蝶

　　　　趁你睡了

　　　　飞回身体的后花园

036 渺小的病毒
　　　与伟大思想
　　　暗地里较量

037 石榴结籽
　　　自五月第一缕晨光始
　　　先抽出红绸子

038 南山北望
　　　凡高麦田的上空
　　　乌鸦盘旋

039 麦子割倒
　　　南山猛然高了
　　　一尺八寸

040　烈日下走

　　思想埋首

　　腿脚阔步

041　狂风把暴雨

　　落在城南

　　自己空手过来

042　离开翅膀

　　一根羽毛

　　练习单飞

043　一花一世界

　　蜜蜂坐进花蕊

　　拨世界的琴弦

044　雪松把雪

　　　　藏在树下

　　　　老人的银发里

045　湖边垂柳

　　　　在水面写一行

　　　　鹅鹅鹅的诗

046　梦中你的样子

　　　　似花非花

　　　　看不分明

047　梦里与你

　　　　说话

　　　　醒来更多寂寞

048　　十六七年

　　　　我不吃的鸡

　　　　满山坡了吧

049　　阳台上看雨

　　　　也不忘

　　　　浇浇盆花

050　　大雨

　　　　小憩一会儿

　　　　继续工作

051　　满院雨花

　　　　只可自赏

　　　　不能折来送你

052　一夜好雨

　　　　未肯收手

　　　　酿成淫雨霏霏

053　野蘑菇

　　　　撑把灰伞

　　　　坟前看雨

054　浅草

　　　　深爱

　　　　马蹄

055　树上风筝

　　　　等一个少年人

　　　　解放的心

056　　乌鸦踱步

　　　学隔壁老王

　　　背抄手

057　　蚯蚓

　　　一根筋

　　　横过马路

058　　热闹的竹林

　　　三千雀鸟争吵

　　　推举七十二贤

059　　打开话匣子

　　　喜鹊情不自禁

　　　颠白倒黑

060　　乌鸦也向

　　　它的所爱

　　　深情表白

061　　大树倾倒

　　　枯枝指向

　　　回家的路

062　　看瀑水下流

　　　浑身一股

　　　向上的劲儿

063　　秋深了

　　　修剪草坪

　　　脖颈一阵凉

064　　秋色十分

　　　借花二分

　　　赖得霜叶八分

065　　香山

　　　终南山

　　　你我窗前各自的秋山

066　　浅山一带

　　　秋色

　　　渐深

067　　记得白色T恤上

　　　芭蕉日俳

　　　萌萌的样子

068 满树红柿子

你顺手抛石

打了个秋风

069 一夜茶叙

身体里

无数的小瀑布啊

070 风声紧

雪急急

掩盖什么

071 雪地里

一只白鸽的

隐者

072　　白茫茫天地

　　　　乌鸦

　　　　一个移动的中心

073　　雪堆的维纳斯

　　　　也令你心头一热

　　　　啊！冷美人

074　　觅食的鸟

　　　　乜斜道旁

　　　　踏雪人

075　　忘记投食的晌午

　　　　斑鸠来

　　　　还带个朋友

076　　落在高处的雪

　　　最先听到

　　　阳光的笑声

077　　冬天的园子

　　　也去转一转

　　　看草木荒芜到何等境界

078　　无畏的

　　　在小提琴上

　　　拉锯的孩子

079　　一堆牛粪的世界

　　　野花在上

　　　建造天堂

080　　盲道上

　　　　闭着眼睛

　　　　走了几步

081　　前面着春衫的女生

　　　　径直将我

　　　　带上斜路

082　　春雨下

　　　　佛陀头上

　　　　水珠跳舞

083　　乌云失手

　　　　白雨

　　　　倾盆而下

084 水珠的世界

打碎了

——无数水珠的世界

085 晾衣绳上

雨滴们

命悬一线

086 雨后烟岚

——山谷的

深呼吸

087 池水边

孩童与蛙

争鸣

088　　修剪工

　　　　照自己寸头的样子

　　　　剪修花木

089　　绿纱窗上

　　　　蝉儿高唱

　　　　秋树之歌

090　　静夜

　　　　凉脚收回

　　　　伸进春梦里

091　　行经柿园

　　　　青果子与鸟

　　　　越聊越熟

092 今秋

我多么不情愿说

金秋

093 登山归来

回望山顶

那个无我之我啊

094 喝黑咖啡

写出诗来

还那么苍白

095 木心蠢蠢

随一阵鸟鸣

到林间云上去

096　演出结束

　　　人们说话

　　　还是歌唱的调子

097　丝瓜瓢一根

　　　分三节——

　　　洗碗、洗脚、洗佛身

098　抬脚出门

　　　不忍踩啊

　　　满地雨花

099　虎头虎脑

　　　幼云撞上

　　　春山的腰

100　　小花小草

　　　给世界一点

　　　颜色看

101　　野地里

　　　虞美人

　　　掀开红裙子

102　　早上醒来

　　　晚上睡去

　　　老父亲

　　　又一次安度

　　　——父亲节

103　　丝瓜藤

　　　盲目攀爬

　　　从不听我正确的引导

104　　坐对面的女中学生

　　　以地铁的速度

　　　埋头写作业

105　　王大夫的工地

　　　在口腔里

　　　她一个上午

　　　在我上上下下二十八颗牙齿上

　　　找石头

　　　凿石头

106 花喜鹊
　　　叫着叫着
　　　悲从中来

107　与一个老友
　　　相忘于江湖
　　　整三年

108　阿巴斯走在前边
　　　我在后边
　　　我们之间
　　　——手杖般
　　　译者的身影

109   不为开花结果

　　　我喜欢绿萝

　　　兀自那么长着长着长着长着

110   今早我听从

　　　身体的安排

　　　睡了一个

　　　回笼觉

111   我上前一步

　　　白鹭起飞

　　　它用翅翼划出

　　　我们彼此

　　　分明的界限

112　　地铁站出口

　　　犹豫片刻

　　　在 ABCDEF 中

　　　选了一个

113　　坡地上的老人

　　　弓身扶锄

　　　他的体力在你不经意的回眸间

　　　恢复过来

114　　玉兰给我

　　　整个世界的洁白

　　　转身

　　　又拿走

115 山风摸了把

杨柳细腰

落日笑

而不语

116 想起去春光景

梅花落

五十五朵梅花

落南山

117 阳台花盆边

剪完指甲

举行一个

小小的葬礼

118　　一刀切开的深海

　　　傻眼了都——

　　　潜泳的西瓜籽

　　　浮上来

119　　雨滴谈论大地

　　　说是透明的玻璃

　　　说是坚硬的水泥

　　　说是柔软的土

120　　镜中的我

　　　忍不住

　　　多看一眼

　　　衰世的我

121 儿子不玩的

竹蜻蜓

送给返老还童的

母亲

122 老妈跟照片里的人

热络叙话

老爸冷落

沙发里

123 迎面来的女子

手提包上印着我

大写的英文姓字

——LV

124　　两个陌生人

　　　　因为她

　　　　在遥远的异乡

　　　　成为熟人

125　　行在南山北路

　　　　一个女生

　　　　跟上来

　　　　问东问西

126　　辋川里

　　　　那么一点水

　　　　依旧努力地

　　　　流向灞河

127 梦中窥见

　　王维用诗笔

　　调制画意

　　不甚分明

128 荷叶

　　推举一滴水

　　做露珠

129 梦里一场误会

　　醒来

　　人事俱散

　　余情

　　挥之不去

后记

诗是简洁的艺术。

诗是文学王冠上的明珠。

……

类似的话,人们常听到。可现实是,现代汉诗不断陷入被调侃和轻慢的窘境。新世纪以来,几乎每一次诗歌事件,都将现代汉诗推到风口浪尖,也成为大众奚落、讥讽的对象。放眼整个世界,诗的如此际遇,绝无仅有。它还是明珠么?王冠上的?

都说诗要简洁,现代汉诗越写越长,相当数量的诗越写越水,却是无可争辩的事实,至少是部分事实——虽然繁复也是一种美,诗也有散文美的一面。因此,诗被人诟病,难以卒读,必须承认,有其自身的原因。

那么,作为现代汉诗的写作者,我们能做些什么?

五年前的冬日,笔者一众几人聊起此话题,大家在感叹的同时,相约写一些短诗——后来被诗人之道总结为"三言两语,四五六行",并成立一个松散的组织,称之为终南令社。

关于令社,我们曾有这样的说明:

终南令社,于2019年冬,由生活在西安的几位诗人发起成立,旨在探索以尽可能轻简的短制来呈现的现代汉诗。令社诸人约定,创作以三行为中心(比绝句少一行,以示谦敬),短则一二行,长则五六行的无题短诗,并名之为"令"。依前人作诗、填词、度曲之说,称此为"制令"。终南令社核心成员有萌萌、治国、雪雪、安娟、宁刚、之道、吕刚等七位。代际跨度,由"六零后"到"准零零后"。

从写诗转向"制令",也即有意识地写无题短诗,社中同人也是有准备的。大家从各自的背景,曾多次聊过古诗中的古风、绝句,也聊起过新文化运动之初流行一时的"小诗"创作;谈过《鲁拜集》、四行诗,也谈起过泰戈尔对冰心的影响,冰心对宗白华的启发;当然,也多次说起过阿巴斯和木心,俳句与短歌,以及曾热闹过一阵的"截句"……

除对短诗的写作历史与现实的了解,由于令社诸位之前多少都有短诗的创作实践,写起来总体还算顺利。当然,也发现了新的问题,比如现代汉诗写作的最小元素是什么,词还是字?极少的行数与字数,要求写作者反复审视自己笔下的文字,哪些坚实稳靠,哪些虚浮无根。许多诗行,看似轻松戏笔,实则可能经过作者的苦心。

这个堪称"实验"的过程,与艰难的疫情相伴随,并走到了如今的后疫情时期。结果如何?这一册"令选"呈现给读者朋友,请诸位自行评判。

虽然终南令社因一地而成立,写作者们对"令选"的期待,却不只是一时一地,更不是一个小集体自我吟哦的纪念。相反,我们期待它作为现代汉诗的一种可能形式被看待,至少也以诗的基本标准来衡定。换言之,如果这些分行的文字不能自足地作为诗而成立,那么,它无论如何都很难被尊重。

由此也可见出我们的态度:我们爱诗,但不自恋,更不自怜。我们期待以自己的创作,带给读者一种近常却新鲜、清简而有味、健康且悠远的诗的意趣。

编 者